Com que Roupa?

Mariana Waechter

Com que roupa?

Inspirado na canção de
Noel Rosa

Copyright desta edição © 2021 Saíra Editorial
Copyright © 2021 Mariana Waechter

A canção "Com que roupa?", de Noel Rosa, encontra-se em domínio público.

Gestão editorial	Fábia Alvim
Gestão comercial	Rochelle Mateika
Gestão administrativa	Felipe Augusto Neves Silva
Projeto gráfico	Mariana Waechter
Editoração eletrônica	Matheus de Sá
Revisão	Mirna Olivetto

Dados Internacionais de Catalogação na Publicação (CIP) de acordo com ISBD

W126c   Waechter, Mariana

  Com que roupa / Mariana Waechter ; ilustrado por Waechter. - São Paulo, SP : Saíra Editorial, 2020.
  40 p. : il. ; 28cm x 19,5cm. – (Coleção Gramofone)

  ISBN: 978-65-86236-08-8

  1. Literatura infantil. I. Título. II. Série.

2020-3187   CDD 028.5
                                                         CDU 82-93

Elaborado por Vagner Rodolfo da Silva - CRB-8/9410

Índice para catálogo sistemático:
  1. Literatura infantil 028.5
  2. Literatura infantil 82-93

Todos os direitos reservados à Saíra Editorial
Rua Doutor Samuel Porto, 396
04054-010 – Vila da Saúde, São Paulo, SP – Tel.: (11) 5594-0601
www.sairaeditorial.com.br
rochelle@sairaeditorial.com.br

Dedico este livro aos trabalhadores, que já foram crianças,
e às crianças, que sonham com aquilo que querem ser quando crescer.

Que todos saibam que quem constrói o mundo
e cuida dele merece dele usufruir: nós.
Pequenos e grandes.
No carnaval e sempre.

agora...

8

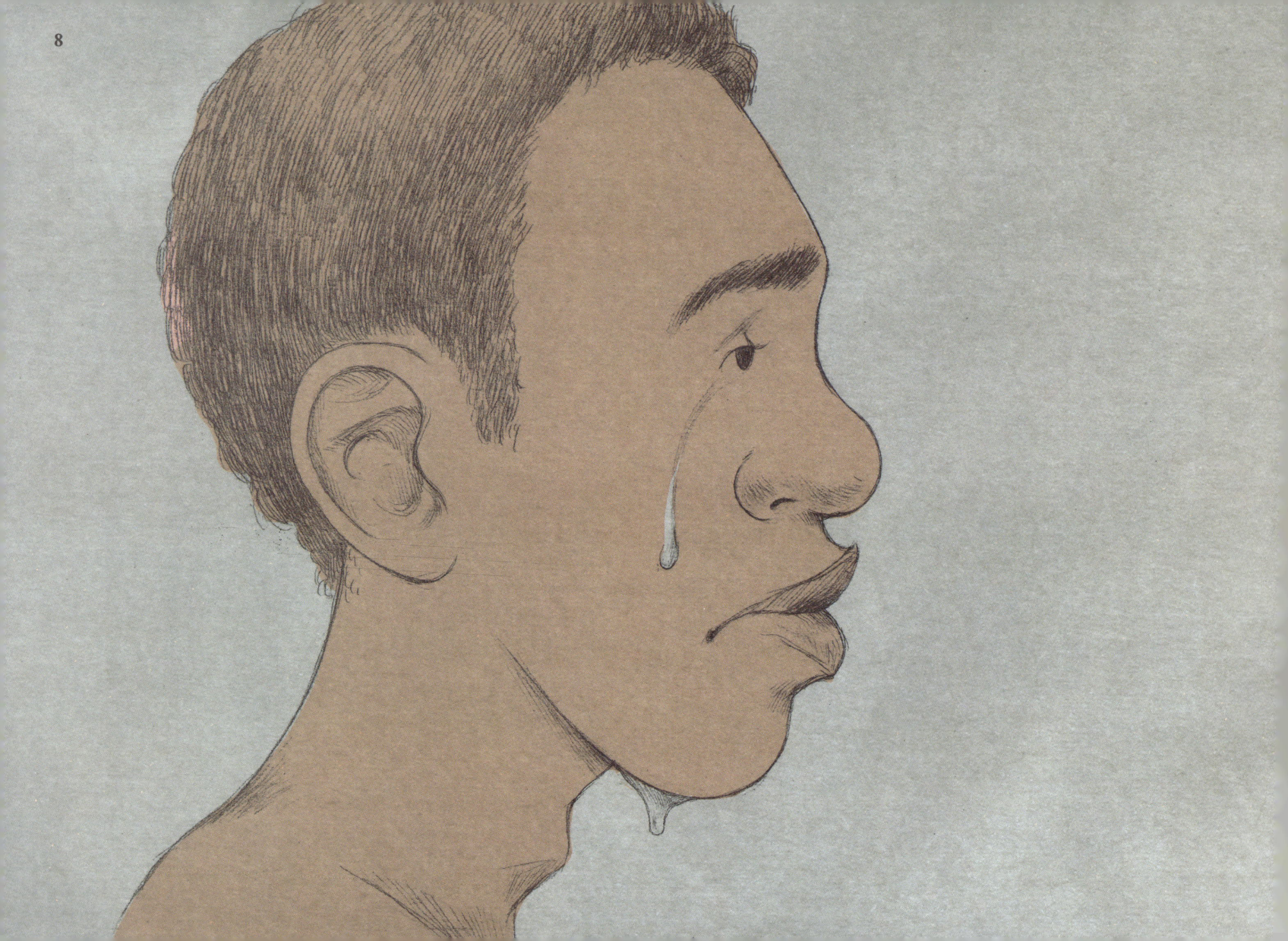

vou mudar
minha conduta

eu vou pra luta,
pois eu quero
me aprumar

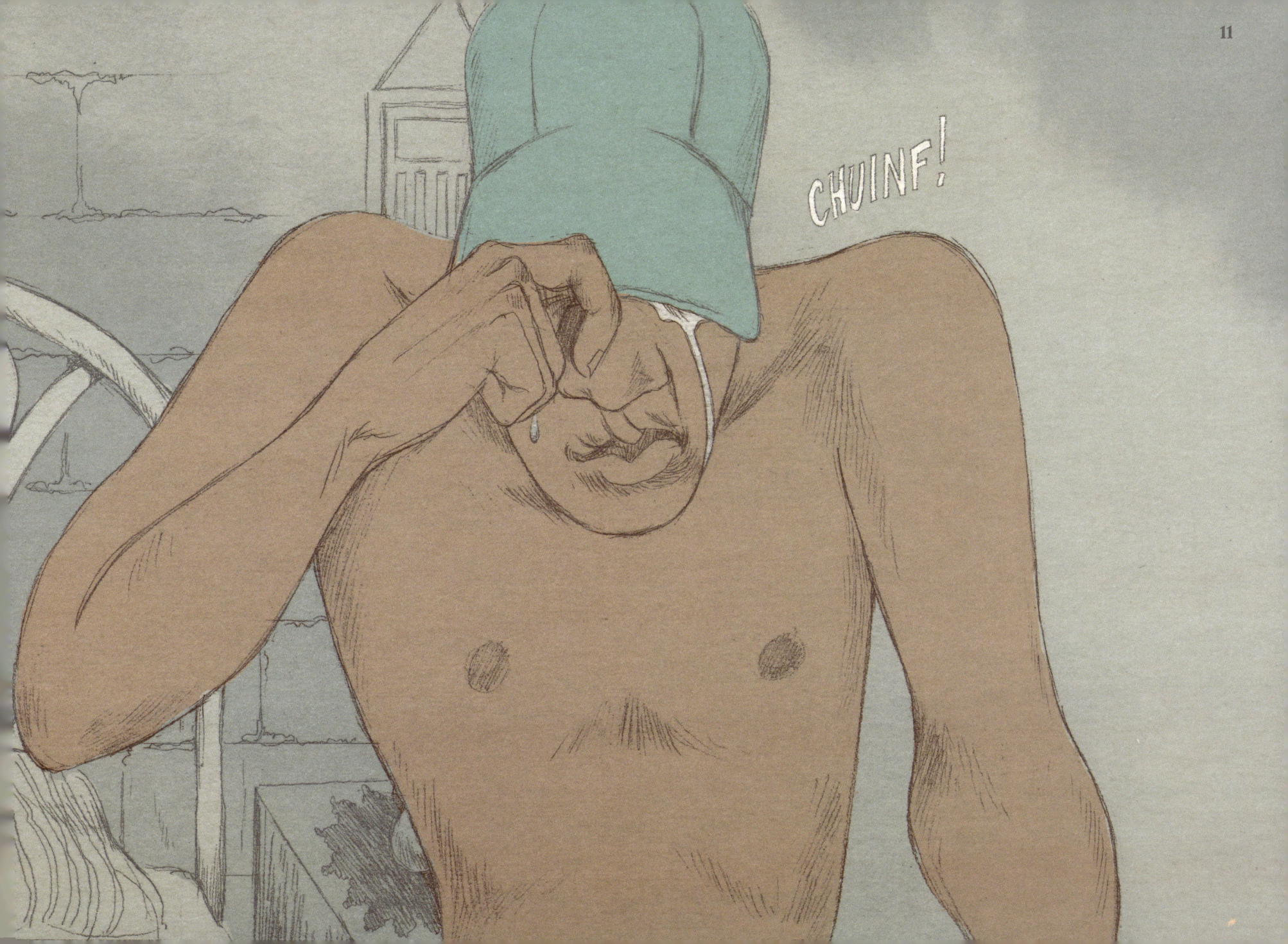

pra poder
me reabilitar

e eu pergunto com que roupa que eu vou

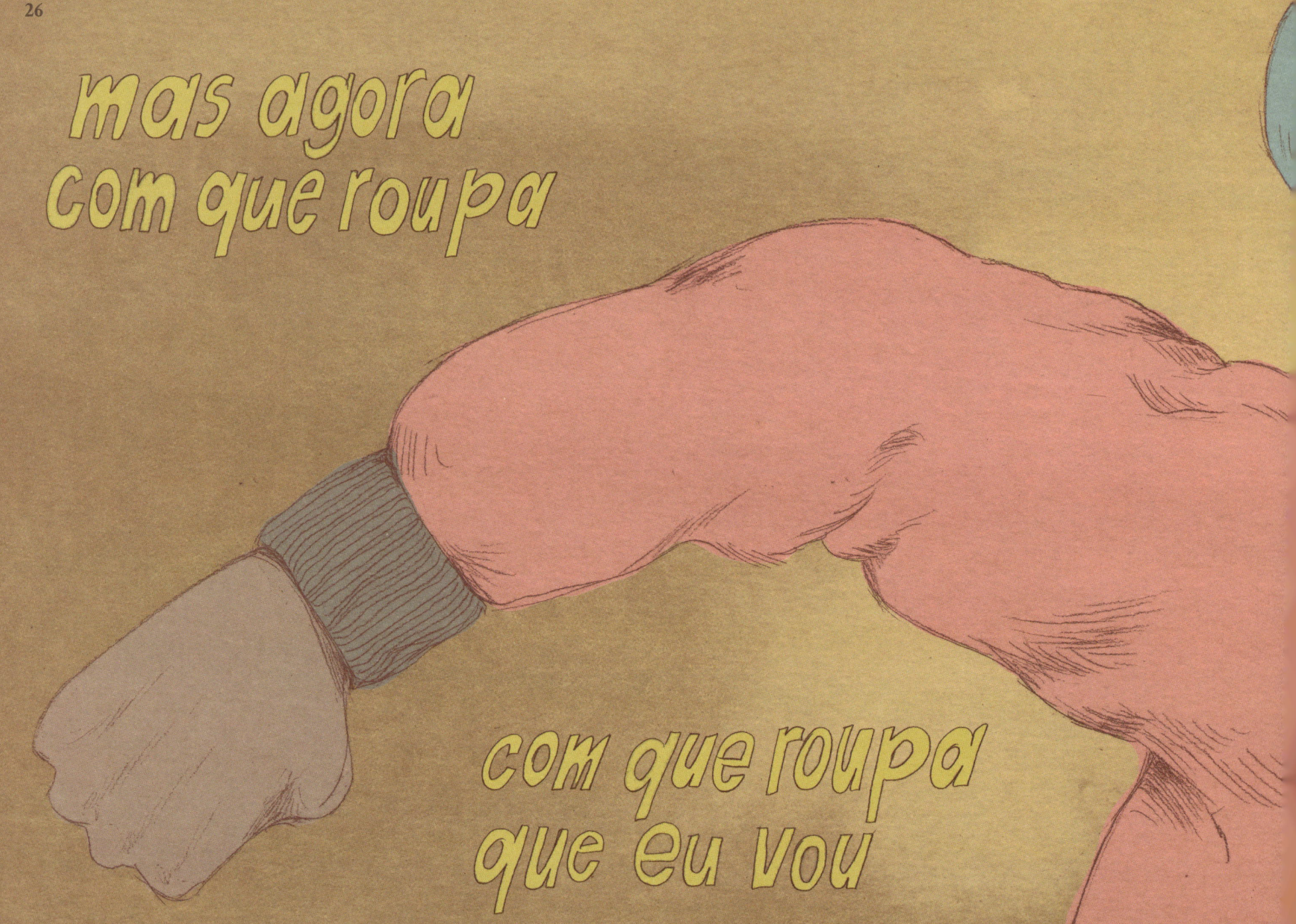

pra ver se
escapo
dessa praga
de urubu

eu vou acabar ficando nu

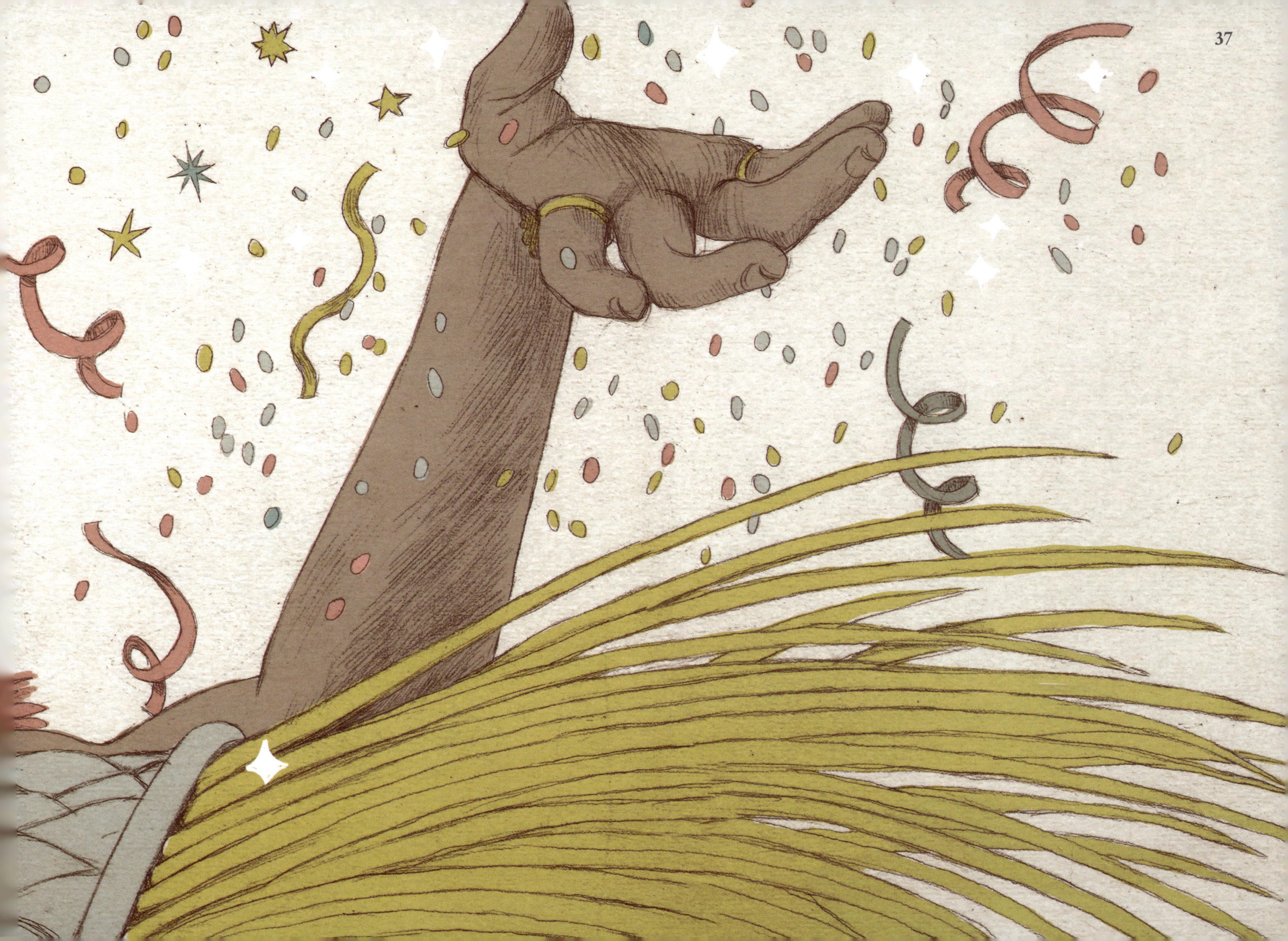

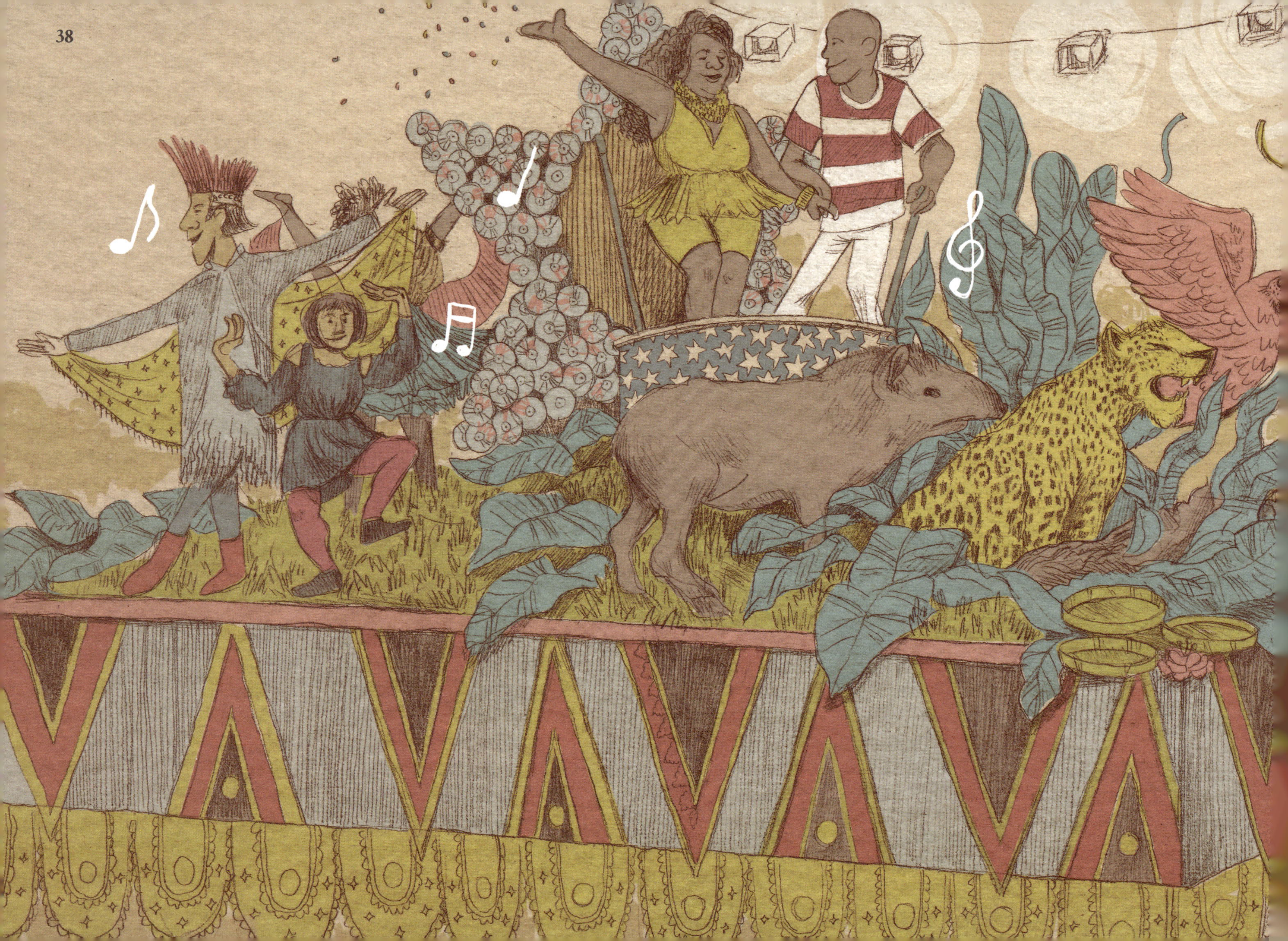

39

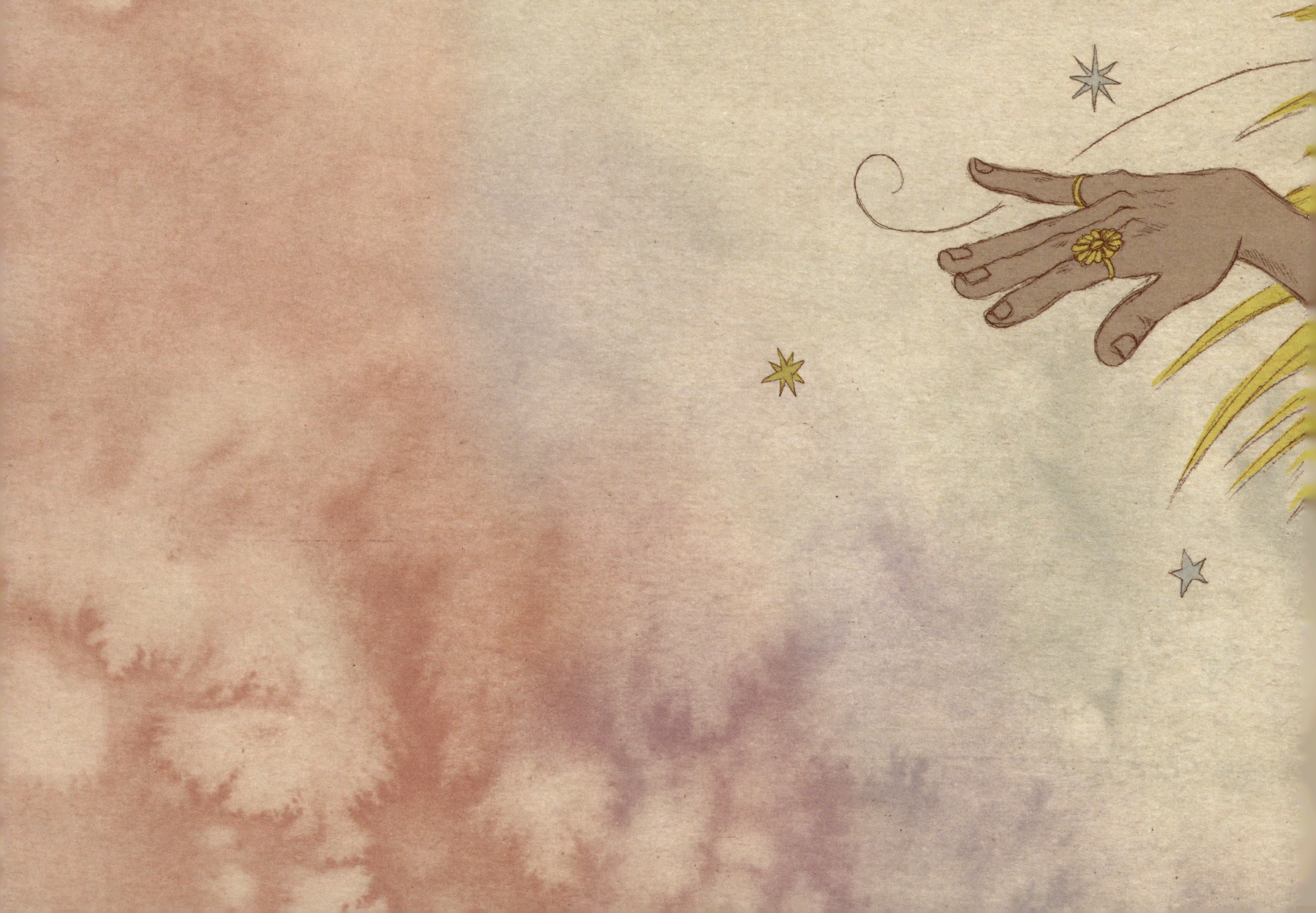

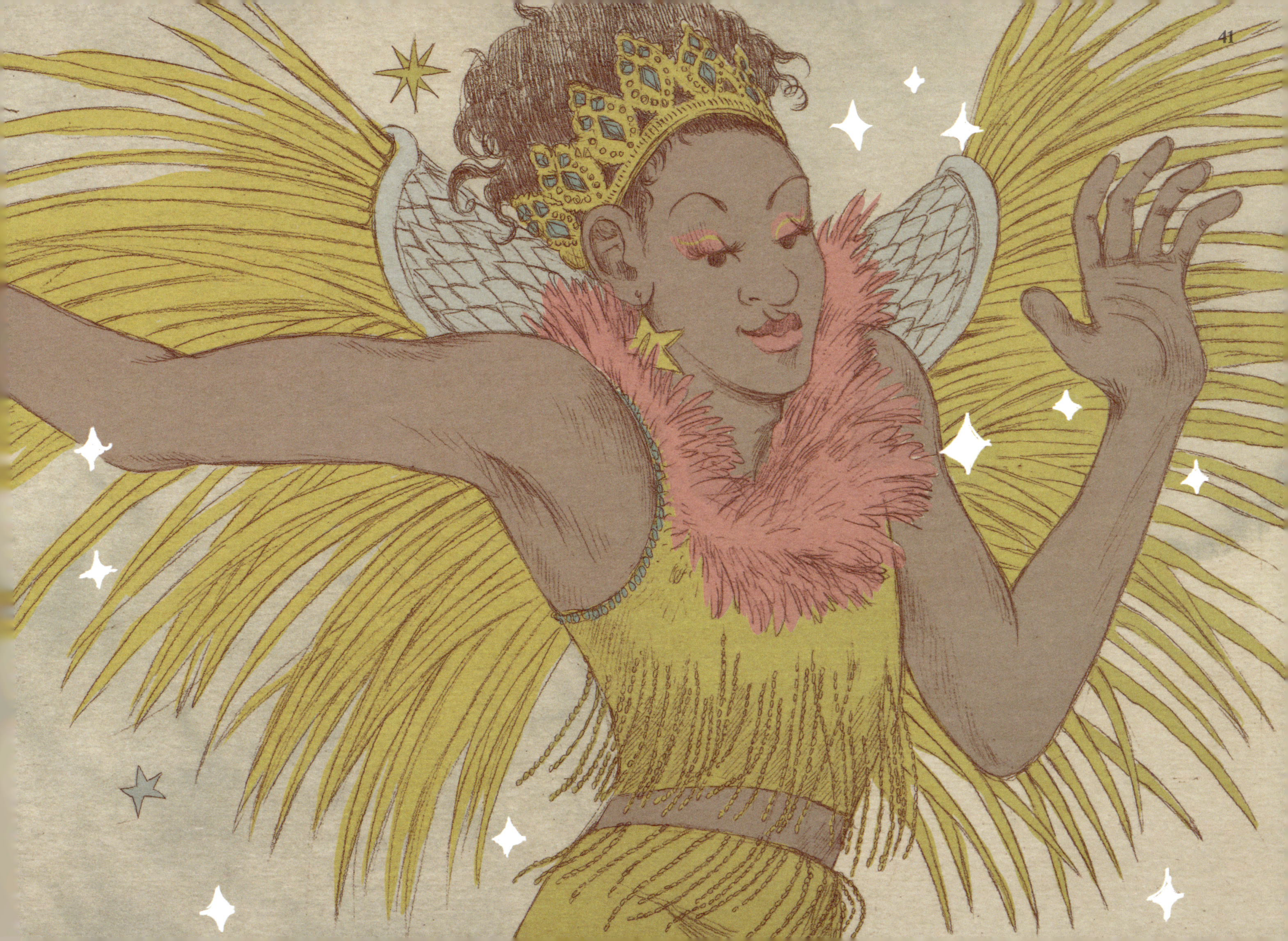

*com que roupa
que eu vou*

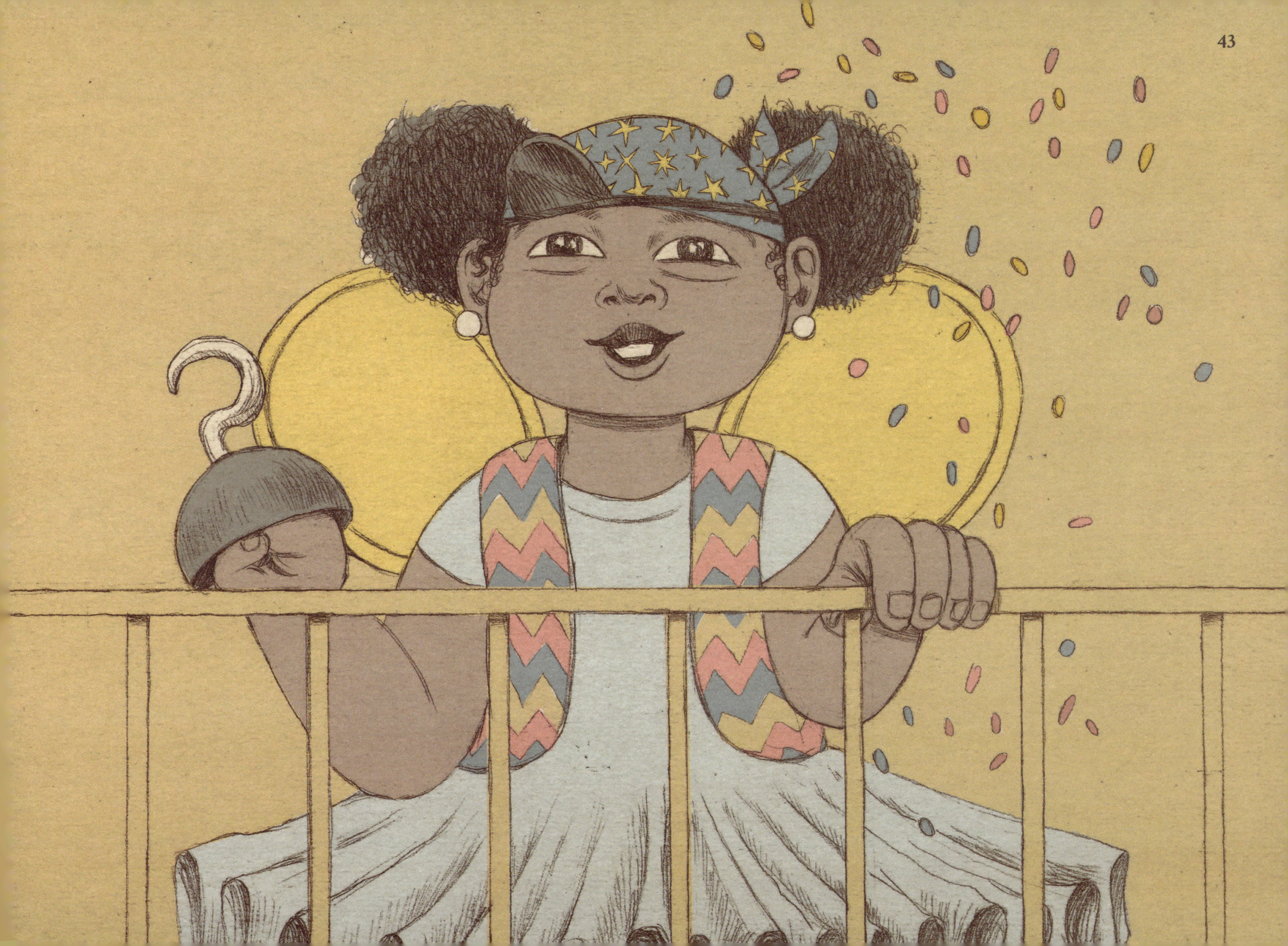

pro samba
que você
me convidou?

Quem foi Noel Rosa?

Noel Rosa nasceu no Rio de Janeiro em 1910, e grande parte de suas composições estão ligadas à Vila Isabel, bairro onde passou toda a vida – e que era um importante reduto de sambistas e boêmios.

Passou, em sua curta vida, por muitos acontecimentos peculiares. Nasceu "de fórceps", uma prática médica, muito usada na época para partos difíceis, que o deixou com uma deformidade no queixo e uma ligeira paralisia no rosto. Apesar da vida predestinada à música, preparou-se para o curso de Medicina, mas serenatas e canções o levaram para outros caminhos. Como a grande maioria de seus conterrâneos, aprendeu de ouvido a tocar bandolim e violão, sem conhecimento de teoria musical, mas observando e aprendendo com os mais velhos. Naquela época, era raríssimo no Brasil que alguém aprendesse instrumentos de corda de outra forma.

Quando já tinha no bairro certa fama como bom instrumentista, foi convidado para participar de alguns grupos musicais. O mais famoso desses grupos recebeu o nome de Bando dos Tangarás e contou com a presença de outros dois nomes importantes da música brasileira: Carlos Alberto Ferreira Braga, conhecido como Braguinha, e Henrique Foréis Domingues, apelidado de Almirante. Era muito comum que artistas recebessem apelidos e que compositores fizessem sucesso no rádio com as vozes e as interpretações de cantores e cantoras, mas, apesar de não ser considerado um grande cantor, Noel também fez sucesso interpretando suas próprias músicas.

Fez parcerias com Ismael Silva e com Oswaldo Gogliano, mais conhecido como Vadico. Entre suas composições, estão os clássicos "Feitiço da Vila", "Com que roupa?" e "Três apitos". Suas músicas formam imagens muito interessantes da época em que viveu e podem ser consideradas crônicas, porque nelas são retratados a vida e o cotidiano das pessoas.

Outra característica muito interessante de algumas de suas composições é que elas desenvolvem, de maneira criativa e particular, temas irônicos e até engraçados. Noel fez pelo menos duas músicas que demonstram isso: "Conversa de botequim" e "Gago apaixonado", em que ele demonstra toda a sua inspiração, seu talento e seu senso cômico.

Marco Prado, professor de história, guitarrista e pai da Maria Fernanda, que também adora ler.

Quem é Mariana Waechter?

Mariana Waechter nasceu em São Paulo em agosto de 1989. Quando criança, acompanhava a mãe no trabalho em uma biblioteca pública da zona leste. Gostava muito de ler, escrever, desenhar, e do teatro. Começou a trabalhar com ilustração em 2009 e com histórias em quadrinhos por volta de 2011. Nesse meio tempo, virou mãe da Íris, que hoje também adora desenhar. Nessa época também ensinava crianças e adultos a criarem suas próprias histórias em oficinas nas bibliotecas públicas e ONG's. Participou de várias coletâneas de HQ e, em 2014, publicou sua primeira revista em quadrinhos, *Μήδεια* (*Medeia*), uma nova versão da tragédia grega de Eurípedes, recriada com outros colegas que encenaram a peça. Também participou de algumas exposições e se formou em Artes Visuais na Faculdade Santa Marcelina, em 2016. A partir de 2018, começou a se aprofundar nos estudos da gravura em metal e, posteriormente, em 2019, fez uma residência artística no Atelier Piratininga, o que resultou em sua primeira exposição individual, "Hábito de fúria".

Em 2020, a autora celebrou o carnaval de rua pensando em toda a concepção desta história que você tem em mãos e em quarentena, durante a pandemia, ela a realizou.

Esta obra foi composta em Crimson Text
e impressa pela Referência Gráfica em offset sobre
papel offset 150 g/m²
para a Saíra Editorial
em fevereiro de 2021